Charles Lewinsky
Ein ganz gewöhnlicher Jude

Foto: Garry Kammerhuber

Charles Lewinsky ist Autor mehrerer Romane, Theaterstücke und zahlreicher Fernsehproduktionen der verschiedensten Sparten. Sein letzter Roman »Johannistag« wurde mit dem Schillerpreis für Literatur ausgezeichnet.

Die Einladung, vor einer Schulklasse über sein Judentum zu sprechen, wird für den Journalisten Emanuel Goldfarb zum Anlass, eine Bilanz seines Lebens zu ziehen. Goldfarb rollt seine Biografie auf, die Lebensgeschichte eines nach 1945 in Deutschland geborenen Juden, der zwar die Schrecken des Holocaust nicht am eigenen Leib erdulden musste, dessen ganze Existenz sich aber doch immer im Schatten des Gewesenen abspielt. Die einzige Rolle, die diese Gesellschaft für ihn bereithält, ist die eines Außenseiters, wobei ihn, so seine Bilanz, der demonstrative Philosemitismus noch mehr an den Rand gedrängt hat als antisemitische Vorurteile.

Charles Lewinsky zeichnet das ebenso einfühlsame wie eindringliche Porträt des Emanuel Goldfarb, der sich nichts sehnlicher wünscht als »ein ganz gewöhnlicher Mensch [zu sein] ..., ein ganz gewöhnlicher Jude«. Am Ende des Buches steht ein Entwicklungsprozess, der es ihm ermöglicht, die Realität anzunehmen – und sich ihr zu stellen.

Charles Lewinsky

Ein ganz gewöhnlicher Jude

Rotbuch Verlag

EXT. STRASSE – TAG

An einer belebten Straße mitten in Hamburg verlangsamt ein Wagen seine Fahrt und hält an. In ihm sitzen neben dem Chauffeur zwei Männer. Einer von ihnen, Goldfarb, ein unauffälliger Mann Mitte vierzig, ist in einen Brief vertieft.

GOLDFARB

Nein, Ali. Wirklich nicht! Wieso ich?

MANN

Du bist Journalist, Goldfarb.

GOLDFARB

Ich schreib über Kultur.

MANN

Und? Ist das etwa keine Kultur?

Pause.

GOLDFARB

Ich habe keine Zeit. Ich will das nicht machen! Frag Jossi! Wir sehen uns Freitag.

Entschlossen steigt Goldfarb aus dem Wagen. Der Mann eilt ihm nach. Goldfarb dreht sich um und bleibt unter der Tür seines Wohnhauses stehen.

MANN

Goldfarb? Goldfarb ... Stell dich nicht so an. Es sind Kinder.

GOLDFARB

Eben darum. Was soll ich ihnen erzählen?

MANN

Denk dir was aus! Wer schreiben kann, muss auch erzählen können.

GOLDFARB

Ich will das wirklich nicht machen.

Pause.

MANN

Du machst das schon.

Der Mann legt Goldfarb zum Abschied ermutigend den Arm um die Schulter. Nach einem kurzen Blickwechsel steigt er wieder in seinen Wagen, der sich daraufhin langsam in Bewegung setzt. Ein bisschen verloren schaut Goldfarb ihm nach. Schließlich gibt er sich einen Ruck, öffnet die Haustür, geht den Flur entlang und steigt in den Fahrstuhl.

INT. HAUSFLUR – TAG

Seine Wohnung kennzeichnet ein altmodisches, überdimensioniertes Messing-Namensschild mit der Aufschrift

»Emanuel Goldfarb«. Rechts oben am Türrahmen ist die Mesusah befestigt.

INT. WOHNUNG – TAG

Goldfarb schließt die Tür auf und tritt in den Flur. Beiläufig wirft er seinen Schal über den Stuhl, den Schlüssel auf einen kleinen Glastisch in der Küche. Er geht, den Brief immer noch in der Hand haltend, in sein modern eingerichtetes Wohn- und Arbeitszimmer. In dem großen Raum stehen zwei überladene Bücherregale, ein Schreibtisch, ein viereckiger kleiner Holztisch und ein schwarzer Ledersessel. An der Wand lehnt ein antiker Spiegel, unter dem Fenster türmen sich, säuberlich gestapelt, Berge von Zeitungen.

Auf dem Schreibtisch – aber nur dort – herrscht die Unordnung, die entsteht, wenn man an mehreren Themen gleichzeitig arbeitet. Auf einem kleinen Seitentisch steht immer noch die alte IBM-Kugelkopf-Schreibmaschine.

Goldfarb spannt ein Blatt Papier ein. Er hat einen Entschluss gefasst und will die Sache nun möglichst schnell hinter sich bringen. Er beginnt zu tippen.

GOLDFARB

Lieber Herr …

Er stockt, schaut auf dem Briefumschlag den Absender nach.

GOLDFARB

Gebhardt …

Er zögert.

GOLDFARB

Schon falsch. Warum »lieber«?

Er nimmt den angefangenen Brief aus der Schreibmaschine, knüllt ihn zusammen, spannt ein neues Blatt ein und beginnt von vorn.

GOLDFARB

Ich liebe ihn nicht, und er liebt mich auch nicht. – Sehr geehrter Herr Gebhardt! Sie haben mir einen Brief geschrieben … Das heißt: Nicht mir persönlich.

Er nimmt den Brief aus dem Kuvert und liest vor.

GOLDFARB

»An die Jüdische Gemeinde in Hamburg, Schäferkampsallee 27, 20357 Hamburg. Sehr geehrte Damen und Herren …« – Man hat den Brief an mich weitergegeben. *(sarkastisch)* Weil ich Journalist bin. Weil das auch Kultur ist. Weil ich gerne Geschichten erzähle. Ich will das aber

[GOLDFARB]

nicht machen. Ich habe kein Talent, öffentlich ich zu sein.

Pause.

GOLDFARB

Was sind Sie wohl für ein Mensch, Herr Gebhardt? Wie darf ich mir Sie vorstellen?

Er betrachtet den Brief.

GOLDFARB

Schwer zu sagen, nur nach der Unterschrift. computergeschriebene Briefe haben keinen Charakter. So in den Fünfzigern werden Sie sein. Als weltverbessernder Achtundsechziger in den Schuldienst eingetreten und jetzt kurz vor der Pensionierung. Ein Gutmensch. Einer von den Lehrern, den die Schüler nicht wichtig genug nehmen, um ihn nicht zu mögen.

Pause.

GOLDFARB

Oder vielleicht …

Wieder studiert er die Unterschrift auf dem Brief.

GOLDFARB

Vielleicht sind Sie ja auch jünger. Noch voller guter Vorsätze. Wollen es besser machen. Aber glauben Sie mir, lieber Herr Gebhardt, sehr geehrter Herr Gebhardt: Wer es besser machen will, macht es noch lange nicht gut. Das Gut-Machen ist immer wieder eine schwierige Sache. Das ewige Wieder-Gut-Machen. So ein deutsches Wort.

Pause.

GOLDFARB

Sie haben diesen Brief geschrieben und haben sich nichts dabei gedacht. Oder schlimmer. Sie haben sich was dabei gedacht.

Er liest vor.

GOLDFARB

»Sehr geehrte Damen und Herren. Mit meiner achten Klasse werde ich im Sozialkundeunterricht im nächsten Trimester das Thema Judentum behandeln. Ich habe die Erfahrung gemacht ...«

Er bricht ab. Mit sanfter Ironie:

GOLDFARB

So. Erfahrungen haben Sie gemacht. Wahrscheinlich doch ein älteres Semester. Nur wer genügend Jahre lebt, kommt um Erfahrungen nicht rum. Obwohl ... Manche Leute sind da resistent.

Er nimmt wieder den Brief, liest.

GOLDFARB

»Ich habe die Erfahrung gemacht, dass nichts so anschaulich und einprägsam wirkt wie eine persönliche Begegnung, und möchte deshalb gerne einen jüdischen Mitbürger einladen, an einer Unterrichtsstunde teilzunehmen und Fragen der Schüler zu beantworten. Leider kenne ich persönlich kein Mitglied Ihrer Religionsgemeinschaft ...«

Er bricht ab.

GOLDFARB

Sehen Sie, Herr Gebhardt, schon deshalb möchte ich Ihre freundliche Einladung nicht annehmen. Weil mich so vorsichtige Formulierungen immer gleich so furchtbar aggressiv machen.

Verächtlich:

GOLDFARB

»Mitglied Ihrer Religionsgemeinschaft.« »Jüdischer Mitbürger.« – »Jude« heißt das! Ganz einfach: Jude. Sie wollen mit Ihren Schülern drüber reden, und ihre Finger weigern sich, das Wort in den Computer einzutippen. Wieso? Jude ist kein Schimpfwort. Ihre *political correctness* hat da keinen Platz. Jude zu sein ist keine Behinderung, an die man nicht gern erinnert wird. Es ist … O Gott …«

Er bricht ab, macht eine abwehrende Geste und nimmt erneut den Brief zur Hand.

GOLDFARB

»… Leider kenne ich persönlich kein Mitglied Ihrer Religionsgemeinschaft und wollte Sie deshalb bitten …«

Mit verhaltener Heftigkeit legt er seine Brille auf den Schreibtisch und steht auf. Sarkastisch parodierend und ärgerlich auf und ab gehend:

GOLDFARB

Schicken Sie doch mal einen vorbei, wollten Sie bitten, damit sich die Kinder das ansehen können. Es stehen gerade die ausgestorbenen Tierarten auf dem Lehrplan, wollten Sie schreiben, und bei den Dinosauriern im Naturhistorischen

[GOLDFARB]

Museum waren wir schon ... – Wie haben Sie sich das gedacht, Herr Gebhardt? Dass ich mich vor Ihre Klasse hinstelle oder hinsetze, und dann sagen Sie: So sieht das nun also aus, der Jude. Der jüdische Mitbürger. Ein Mitglied der jüdischen Religionsgemeinschaft.

Pause. Goldfarb stellt sich vor den Spiegel, der an der Wand des Zimmers lehnt.

GOLDFARB

Was soll ich für ein Gesicht dabei machen? Freundlich lächelnd? So?

Er grinst grimassierend.

GOLDFARB

Oder besser so?

Er schaut übertrieben ernst.

GOLDFARB

Die Last von viertausend Jahren Geschichte auf meinen Schultern?

Er nimmt eine andere Pose ein.

GOLDFARB

Oder lieber so, dass man die Nase besser sieht, im Profil?

Er setzt sich wieder an seinen Schreibtisch:

GOLDFARB

»Schicken Sie doch mal einen vorbei!« – Sie meinen es so gut, Herr Gebhardt, und ich kann Leute nicht ausstehen, die meinen, sie müssten es gut mit uns meinen. Und deshalb, sehr geehrter Herr Gebhardt, kann ich Ihre Einladung leider, leider nicht annehmen. Ich eigne mich nicht als Forschungsobjekt. Noch bin ich nicht reif fürs Museum. Noch will ich nicht ausgestopft werden. Aufgespießt. Präpariert wie eine interessante Missgeburt.

Parodierend:

GOLDFARB

So sieht er also aus, der Jude. Der Israelit. Der Hebräer. Schaut gut hin, liebe Kinder, und wenn ihr alle typischen Merkmale erkannt habt, dann schreiben wir einen Aufsatz darüber. Aber nicht vergessen, es müssen die Worte »Toleranz« und »Versöhnung« darin vorkommen. Nicht vergessen! Toleranz und Versöhnung. Sonst kriegt ihr eine schlechte Note.

Nach einer Pause, in der er tief durchatmet, spricht er ganz ruhig und ein wenig resigniert weiter.

GOLDFARB

Es tut mir Leid. Es geht einfach nicht, Herr Gebhardt. Ich weiß, andere Leute können das. Gehen von Schule zu Schule und klären auf. Ich kann das nicht. Obwohl Sie einen so höflichen Brief geschrieben haben. *Weil* Sie einen so verdammt höflichen Brief geschrieben haben.

Er nimmt wieder den Brief zur Hand und liest.

GOLDFARB

»... so hoffe ich, dass Sie meiner Bitte entsprechen können, und verbleibe mit einem herzlichen Schalom ...«

Er verzieht das Gesicht und lacht bitter.

GOLDFARB

(angeekelt) »Mit einem herzlichen Schalom«. Sie unterrichten nicht zufällig Musik, Herr Gebhardt? Sonst hätten Sie den falschen Ton bemerkt. Weil Sie doch Lehrer sind: Das ist, wie wenn die Kreide an der Wandtafel kratzt.

Goldfarb zieht eine Schreibtischschublade auf und entnimmt ihr ein kleines Diktafon. Er stellt es ein und spricht in sarkastischem Tonfall hinein:

GOLDFARB

»Mit einem herzlichen Schalom.«

Er schüttelt sich.

GOLDFARB

Unterschreiben Sie alle Ihre Briefe so oder nur, wenn sie an Juden gerichtet sind? Oder haben Sie einen Briefsteller auf Ihrem Schreibtisch, mit den korrekten Grußformen für alle Religionen? Ein fröhliches Halleluja für die Christen, ein freundliches Nirwana für die Buddhisten?

Heftig:

GOLDFARB

Lecken Sie mich doch am Arsch mit Ihrem herzlichen Schalom!

Er geht zu dem kleinen Tisch, auf dem noch eine angebrochene Weinflasche und zwei Weingläser stehen, schenkt sich ein Glas Wein ein, trinkt. Eine lange Pause. Als er schließlich weiterspricht, ist seine Stimme viel leiser.

GOLDFARB

Überempfindlich? Natürlich bin ich überempfindlich. Ich hab eine zu dünne Haut. Nicht vom Angegriffen-Werden. Das tut zwar manchmal weh, aber es macht auch Hornhaut. Es trainiert. Die dünne Haut kommt von den Samthandschuhen, mit denen man ständig angegriffen wird. Von diesem permanenten ranschmeißerischen Verständnis. Von dieser ekelhaften Einfühlsamkeit. Aber wie soll ich das Ihren Schülern erklären, Herr Gebhardt?

Pause. Goldfarb atmet tief aus.

GOLDFARB

Wie soll ich das Ihren Schülern erklären?

Er nimmt das auf dem kleinen Tischchen abgelegte Diktafon und geht erneut im Zimmer auf und ab:

GOLDFARB

Vielleicht so: Sie möchten Ihre Schüler zur Toleranz erziehen, das ist ehrenhaft und lobenswert. Aber ich ... Ich möchte in einem Deutschland leben, in dem man Jude sein kann, ohne dass die Leute um einen herum es automatisch für notwendig erachten, tolerant zu sein.

Er stellt das Diktafon ab. Geht zum Bücherregal, nimmt ein Wörterbuch heraus und blättert darin. Schließlich findet er die gesuchte Stelle.

GOLDFARB

Hier. »Toleranz – vom lateinischen tolerare, erleiden, erdulden.« –

Er legt das Buch aufgeschlagen auf den Schreibtisch und nimmt wieder das Diktafon.

GOLDFARB

Ich möchte aber nicht erlitten werden, nicht gelitten und nicht geduldet. Die permanente Solidarität geht mir auf die Nerven. Ich kann Leute nicht ausstehen, die morgens nach dem Aufwachen immer erst mal zehn Minuten solidarisch sind, bevor sie sich die Zähne putzen. Ich weiß ja, dass es gut tut, ein guter Mensch zu sein, aber zieht mich da nicht rein! Ich will die Sonderrolle nicht haben. Nicht im Schlechten und nicht im Guten. Ein ganz gewöhnlicher Mensch möchte ich sein. Ein ganz gewöhnlicher Jude.

Pause. Er denkt nach. Drückt erst die Rewind-, dann die Play-Taste.

GOLDFARBS STIMME

(aus dem Diktafon) Ein ganz gewöhnlicher Mensch möchte ich sein. Ein ganz gewöhnlicher Jude.

Goldfarb drückt auf Stopp.

GOLDFARB

Und damit fängt's schon an. *(Er schaltet das Diktafon wieder ein.)* Ein gewöhnlicher Jude in Deutschland – das ist wie ein ganz gewöhnliches Spitzmaulnashorn in Afrika. Ein Widerspruch in sich. Wir sind zu selten geworden, wir Nashörner. Man hat uns zu lange gejagt und abgeschossen. Wir sind ein Fall für die Tierschützer geworden. Für Greenpeace und den Verein für christlich-jüdische Zusammenarbeit. Nashörner guckt man sich im Zoo an; Juden lädt man sich in den Unterricht ein. Ich weiß, Sie meinen es gut, Herr Gebhardt. Sie meinen es sicher alle gut an Ihrem …

Er schaut auf dem Briefumschlag nach.

GOLDFARB

… an Ihrem Kurt-Tucholsky-Gymnasium.

Er lacht kurz auf.

GOLDFARB

Schon bei der Namensgebung für Ihre Schule haben Sie es gut gemeint. Kurt Tucholsky. Hat sich im Exil umgebracht. Aber nicht weil er Jude war. Weil er Deutscher war und das nicht mehr ausgehalten hat. *(für sich)* Vielleicht. Was weiß man?

Pause. Ihm fällt etwas ein. Das Diktafon immer noch in der Hand, geht er eilig in sein Schlafzimmer.

INT. SCHLAFZIMMER – TAG

Dort kniet er sich vor den Kleiderschrank und sucht etwas.

GOLDFARB

Hier unten sind sie. Versteckt. Begraben.

Er zieht einen Pappkarton unter dem Schrank hervor, stellt ihn aufs Bett und setzt sich daneben. Sachlich spricht er in sein Diktafon:

GOLDFARB

In dem Karton ist meine ganze Geschichte drin.

Er legt das Diktafon auf dem Bett ab.

GOLDFARB

Die ganze Familie. Das ganze Kartenspiel.

Er nimmt ein Bild nach dem andern aus dem Karton und legt die Fotografien – die meisten sind typische Familienfotos und Porträts aus dem ersten Drittel des 20. Jahrhunderts – nebeneinander auf das Bett.

GOLDFARB

Bube, Dame, König, Ass. Bube, Dame, König, Ass. Juden und Nichtjuden sehen sich ihre Familienfotos nicht auf dieselbe Weise an. Wussten Sie das? Unsere Erinnerungen sind nicht von derselben Art. Sie sagen:

Er zeigt auf einzelne Fotos.

GOLDFARB

»Das war der Onkel mit der ganz dicken Frau.« »Die Tante ist mal bei einer Ruderpartie aus dem Kahn gefallen.« »Der hier war Bäcker und hat immer Rosinenbrötchen mitgebracht, wenn er zu Besuch kam.« So was sagen wir nur bei ganz alten Bildern. Nur bei Fotos von den Leuten, die das Glück hatten, rechtzeitig tot zu sein. Bei allen anderen heißt es:

Wieder zeigt er auf einzelne Bilder.

GOLDFARB

»Theresienstadt.« »Auschwitz.« »Ausgewandert nach Caracas.« »Verschollen.«

Pause. Er schaut sich die Fotos lange an. Dann sagt er leise:

GOLDFARB

Eigentlich wären wir eine große Familie, wir Goldfarbs.

Noch einmal eine Pause. Dann spricht er wieder ins Diktafon.

GOLDFARB

Notiz an mich: Wenn ich aus dem Brief einen Artikel mache, müsste man hier mein Kinderfoto abdrucken.

Er legt das Diktafon zur Seite und sucht im Karton.

GOLDFARB

Wo ist es denn?

Er nimmt ein Foto heraus.

GOLDFARB

Ich …

Die Fotografie zeigt einen kleinen Jungen in Lederhosen, mit einer Schultüte im Arm. Der Junge macht keinen besonders glücklichen Eindruck.

GOLDFARB

Ich, als kleiner Deutscher verkleidet. Mein Vater hat mir die Hosen gekauft, zum ersten Schultag. Nicht neu, natürlich. Aber Lederhosen gehen ja nie kaputt. Ein bisschen zu eng waren sie von Anfang an, haben gezwickt zwischen den Beinen. Ich habe gedacht, das müsse so sein. Ich dachte, den andern tut es auch jedes Mal weh, wenn sie sich hinsetzen.

Pause.

GOLDFARB

Sie drücken noch immer, die Lederhosen.

Er nimmt eine andere Fotografie aus der Schachtel. Sie zeigt ein Ehepaar in den fünfziger Jahren. Die beiden stehen in Besitzerpose und mit ernsten Mienen vor dem Eingang eines kleinen Haushaltswarenladens.

Goldfarb nimmt das Diktafon vom Bett und schaltet es ein.

GOLDFARB

Notiz an mich: Hier das Foto vor dem Laden. Hoheluftchaussee. – Das sind meine Eltern.

[GOLDFARB]

Simon Goldfarb und seine Frau Edith, geborene Bornstein. Haushaltswaren für die anspruchsvolle Kundschaft.

Pause.

GOLDFARB

Sie waren immer so stolz auf ihren Laden. Immer das Neueste und Angesagteste.

Die Fotografie der Eltern immer noch in der Hand, geht er aus dem Zimmer.

GOLDFARB

Eigentlich müsste man ein Foto von der Kaffeemaschine dazu stellen.

INT. KÜCHE – TAG

Goldfarb stellt sich vor eine altmodische Kaffeemaschine, ein fünfzig Jahre altes Designerstück, stützt sich auf die Arbeitsfläche und schaut aus dem Fenster. Das Foto der Eltern hat er neben sich gelegt.

GOLDFARB

Heute ist sie natürlich altmodisch, aber damals … Mein Vater war für alles Moderne. »Den

[GOLDFARB]

alten Krempel einfach vergessen«, hat er immer gesagt. »Alles wegschmeißen. Wieder bei null anfangen und es besser machen.« Er war ein Optimist, mein Vater. Auch nach allem, was passiert war. Ein unverbesserlicher Träumer. Alle Optimisten sind Träumer. Darum behalten die Pessimisten ja auch immer Recht. Sie werden bloß nicht glücklich dabei.

In einem plötzlichen Impuls setzt Goldfarb seine Brille auf, die er neben sich auf den Küchenschrank gelegt hatte, und sieht sich die Fotografie noch einmal ganz genau an.

GOLDFARB

Wie stolz du da stehst, vor deinem Laden.

Zärtlich:

GOLDFARB

Optimist! Ich hab dich oft ausgelacht dafür. Ausgelacht und beneidet.

Er dreht die Kassette um und stellt das Diktafon wieder an, nimmt es in die Hand und geht in der Küche auf und ab.

GOLDFARB

Man musste Optimist sein, um nach Deutschland zurückzukommen, damals. Die schwarze Zeit hatte er in England überlebt. Sie hatten ihn hingeschickt, einen fünfzehnjährigen Jungen, ganz allein. Deponiert wie einen Koffer. Und hinterher war niemand mehr da, um ihn abzuholen.

Pause.

GOLDFARB

Er hat gedacht, man kann weitermachen. Das zerrissene Stück sauber abschneiden und ein neues ansetzen. Sein Vater war Schneider gewesen. Aber die Methode funktioniert nicht mit Leichentüchern.

Pause. Goldfarb geht zurück zur Kaffeemaschine und beginnt, sich einen Kaffee zuzubereiten.

GOLDFARB

Ein interessantes Detail für Sie, Herr Gebhardt: Orthodoxe Juden haben ihr Leichenhemd immer griffbereit im Schrank. »Sargenes« nannte mein Vater das gute Stück. Das Hemd für den Sarg. Einmal im Jahr zieht man es an, am Passahfest, einen Abend lang. Das ist ein fröhliches Fest, an dem viel gesungen wird und gelacht –

[GOLDFARB]

und der Hausherr sitzt da in seinem Leichenhemd und freut sich mit. Das wär doch was für Ihre Schüler, Herr Gebhardt. Eine interessante Anekdote aus den Sitten und Gebräuchen eines exotischen Volkes. Haben Sie sich so was vorgestellt?

Er setzt sich an den Glastisch, stellt seine Kaffeetasse ab und schaltet das Diktafon aus. Beiläufig wirft er ein Stück Zucker in die Tasse und rührt um. Dann hat er einen Einfall und nimmt noch einmal das Diktafon.

GOLDFARB

Meine Mutter nahm immer drei Stück Zucker. Manchmal vier. Sie war im Lager gewesen und konnte es nachher nie mehr süß genug haben.

Pause.

GOLDFARB

Ich weiß genau, was für ein Gesicht Sie machen werden, wenn Sie das lesen, Herr Gebhardt. Das deutsche Betroffenheitsgesicht. Das Lea-Rosh-Gesicht. Das Gedenkansprachen-im-Bundestag-Gesicht. Das müssen Sie nicht, Herr Gebhardt. Das hier ist eine Kaffeetasse, keine Moralkeule. Ich habe das Lager, in dem meine Mutter als junges Mädchen vegetierte, nicht

[GOLDFARB]

erwähnt, damit Sie ein schlechtes Gewissen haben. Ich kann diesen »Ach-wie-war-das-alles-schrecklich«-Reflex genauso wenig leiden wie Martin Walser.

Pause. Goldfarb steht auf und geht zunehmend erregt hin und her.

GOLDFARB

Aber ich kann auch nicht immer einen Bogen um das Thema machen. Das verkrümmt auf die Dauer den Rücken. Mal muss man auch im Haus des Henkers vom Strick reden. Und es ist nun mal so, dass die Leute auf meinen Familienfotos auf ganz andere Weise tot sind als die Leute auf Ihren. Umgebracht ist nun mal nicht dasselbe wie gestorben. Ermordet nicht dasselbe wie gefallen. Vergasung ist nicht dasselbe wie Lungenentzündung. Ich kann's nicht ändern. Wir haben die gleiche Geschichte, aber nicht die gleichen Geschichten, Sie und ich. Obwohl es alles deutsche Geschichten sind.

Goldfarb nimmt einen Schluck Kaffee, verzieht das Gesicht und stellt die Tasse wieder ab. Er wirft ein zweites Stück Zucker in die Tasse. Und ein drittes.

GOLDFARB

Heute brauch ich das auch. So ein geschmackloses Thema.

Er rührt um, nimmt im Stehen einen Schluck und geht erneut auf und ab.

GOLDFARB

Ich wollte Ihnen auch etwas ganz anderes erzählen. Die Liebesgeschichte meiner Eltern. Wenn es denn eine Liebesgeschichte war ... Doch, es war eine Liebesgeschichte. Oder nennt man es nicht Liebe, wenn man jemanden sucht, an dem man sich festhalten kann? Festklammern? 1946 haben sie sich kennen gelernt. Hier in Hamburg. Man ist furchtbar allein, wenn man nach Hause kommt, und es ist nichts mehr da. Kein Verwandter, kein Zuhause.

Er nimmt die Fotografie in die Hand.

GOLDFARB

Immer, wenn ich mir dieses Bild ansehe, habe ich das Gefühl: Da stehen sie nebeneinander und haben eigentlich nichts gemeinsam außer dem, was sie nicht mehr haben. Ich besitze kein einziges Foto, auf dem sie sich anlächeln. Als sie sich trafen – er aus England zurückgekommen und sie aus der Hölle –, da gab es Wichtigeres zu tun, als sich fotografieren zu lassen. Und später haben sie nicht mehr gelächelt. Meine Mutter hat gelacht, ja, zu oft und zu laut. Aber gelächelt nie. Sie hatte es wohl verlernt.

Er legt die Fotografie weg, so umgedreht, dass die Bildseite verdeckt ist. Dann setzt er sich erneut an den Küchentisch und spricht in das Diktafon.

GOLDFARB

Er war ein Geschäftsmann, und sie war eigentlich dafür gemacht, ihr ganzes Leben eine höhere Tochter zu bleiben. Zwei Planeten in verschiedenen Umlaufbahnen. Ich glaube, sie haben sich nur zusammengetan, um nicht aufzugeben. Mich nur gemacht, um etwas zu beweisen. Ich habe sie lange warten lassen. Bis 1959. Ich war ein spätes Kind. Sie hatten die Hoffnung schon fast aufgegeben. Aber dann war der Beweis endlich da. Dass es nicht zu Ende war. Dass es weitergehen konnte. Dass es eine Zukunft gab.

Plötzlich heftig:

GOLDFARB

Es ist ein Scheißjob, wenn man als Beweis für etwas durchs Leben gehen muss.

Heftig lässt er das Diktafon auf die Tischplatte krachen. Eine lange Pause, schließlich trinkt er einen Schluck Kaffee, nimmt das Diktafon und steht auf.

GOLDFARB

Ich habe meine Eltern nie gefragt, ob sie sich einmal geliebt haben. Manche Dinge kann man seine Eltern nicht fragen.

Mit bitterer Ironie:

GOLDFARB

Vielleicht hätte ich ihnen auch so einen Brief schreiben sollen. Sie einladen, mal bei ihrem Sohn vorbeizukommen. Für eine Unterrichtsstunde. Sich hinzusetzen und zu erklären. Aufzuklären … Weil man sich doch *so* fremd ist, und das ist doch *so* schade.

Er dreht die Fotografie um und sieht sie an.

GOLDFARB

Nicht wahr?

Pause. Entschieden legt er das Foto zurück. Dann sagt er, im Hinausgehen und heftiger, als es dem Satz zu entsprechen scheint:

GOLDFARB

Der Kaffee ist zu süß. Zu viel Zucker.

INT. ARBEITSZIMMER – TAG

Mit schnellen Schritten geht Goldfarb in sein Arbeitszimmer zurück und setzt sich an den Schreibtisch. Heftig:

GOLDFARB

Etwas beweisen müssen. Immer etwas beweisen müssen.

Er macht eine wütende Handbewegung.

GOLDFARB

Ich musste ständig etwas beweisen. Meinem Vater, dass sich seine Investition gelohnt hatte. Dass es kein Fehler gewesen war, zurückzukommen in dieses Deutschland. Dass er nicht den falschen Entschluss gefasst hatte, damals. Er war hier ja nicht gestrandet wie andere. Nicht zufällig angespült worden. Er hätte in England bleiben können. Aber er wollte nach Hause. »Wir sind hier doch zu Hause«, das war sein Satz. Immer heftiger hat er das gesagt. Je mehr einer seinen Glauben verliert, desto lauter betet er.

Pause. Nachdenklich spricht er weiter.

GOLDFARB

Einmal, da hat er schon nicht mehr lange zu leben gehabt mit seinem Lungenkrebs, da habe ich ihn gefragt, warum er nicht dort geblieben ist. Und wissen Sie, was er mir geantwortet hat? »Weil es im Englischen kein Wort für ›Gemütlichkeit‹ gibt.« Verstehen Sie das, Herr Gebhardt? Gemütlichkeit. So ein deutsches Wort.

Pause.

GOLDFARB

Und ich ... Ich war nun also der Beweis dafür, dass sich das alles gelohnt hatte. Dass es weitergehen konnte. Dass man in diesem Land zu Hause sein konnte. Ich hatte glücklich zu sein für ihn. Glücklich und erfolgreich und einer wie alle. Machen Sie das mal, Herr Gebhardt. All die Jahre in einer zu engen Lederhose herumlaufen und dazu lächeln. Lächeln! Bin ich nicht ein fröhlicher Mensch? Immer positiv und gut drauf?

Pause.

GOLDFARB

Auch eine der Rollen, die ich einstudiert habe.

Pause.

GOLDFARB

Das alles könnte ich Ihren Schülern ja gerade noch erklären. Aber meine Mutter …

Pause.

GOLDFARB

Vielleicht … vielleicht wenn ich kein Einzelkind gewesen wäre … Aber das bisschen Lebenskraft, das ihr noch geblieben war, alles hatte sie für mich verbraucht. Eine Glucke mit nur einem Küken hat verdammt viel Zeit, sich darum Sorgen zu machen. Ich war nicht nur ihr einziger Sohn, ihr einziges Kind – ich war für sie der einzige Mensch auf der Welt. Der einzige jüdische Mensch. Der Stellvertreter für alle anderen. Was ich tat, hatten alle getan, und was man mir vorwerfen konnte, warf man uns allen vor.

Ruhelos steht Goldfarb auf und geht im Zimmer umher, seine Stimme wird immer lauter, heftiger.

GOLDFARB

Wenn ich im Hof herumbolzte, dann trat das ganze jüdische Volk gegen den Fußball, und wenn der in einer Fensterscheibe landete, dann drohte immer gleich ein Pogrom. »Das macht

[GOLDFARB]

Risches«, das war ihre Allzweckwaffe, ihr moralisches Flächenbombardement, der pädagogische Würgegriff, aus dem man sich nicht herauswinden konnte. »Das macht Risches, Emanuel!«

Er reagiert wie auf einen unhörbaren Einwand.

GOLDFARB

Sie wissen nicht, was Risches ist? Doch, doch, Herr Gebhardt, Sie wissen es. Man kann nicht in Deutschland leben und es nicht wissen. Sie kennen bloß das Wort nicht. Ein jüdisches Wort. Hakenkreuze auf Grabsteine geschmiert, das ist Risches. Eine eingeschlagene Scheibe im koscheren Restaurant, das ist Risches. Aber es geht auch kleiner. Herr Rosenfeld wird nicht in den Golfclub aufgenommen? Risches. Der Lehrer gibt mir eine schlechte Note? Risches. Meine Mutter erklärte die ganze Welt mit diesem Wort.

Goldfarb setzt sich auf die Kante seines Schreibtisches.

GOLDFARB

Soll ich Ihnen einen Witz erzählen, Herr Gebhardt? Zur Auflockerung der trockenen Materie? Das tun Sie doch sicher auch manchmal,

[GOLDFARB]

als guter Pädagoge. Passen Sie auf: Ein stotternder Jude bewirbt sich als Fernsehmoderator. Als er vom Vorsprechen zurückkommt, fragt ihn sein Freund: »Nu? Haben Sie dich genommen?«

Er imitiert übertrieben einen Stotterer.

GOLDFARB

»Ne... nein«, sagt er. »Und warum nicht?« »A... A... Alles An... An... An... Antisemiten!« So dachte meine Mutter. – Verfolgungswahn? Natürlich. Aber nach so viel Verfolgung ist ein bisschen Wahn doch nur verständlich. Das war ja auch nicht das Schlimme für mich. Alle Mütter haben Macken, und jüdische Mütter sind berühmt dafür. Das Schlimme war ...

Abrupt steht Goldfarb auf und geht mit dem Diktafon im Zimmer auf und ab.

GOLDFARB

Ich war schuld. Ich, der Schuljunge Emanuel Goldfarb. Alles, was ein klein bisschen weniger perfekt an mir war, »machte Risches«, gab den anderen eine Handhabe. Und die anderen waren überall. Ich wusste, was meine Mutter durchgemacht hatte. Ich wusste es nicht

[GOLDFARB]

genau, denn sie redete nicht darüber, aber es muss furchtbar gewesen sein. Ich wusste, dass vielen meiner Verwandten das Gleiche passiert ist, noch Schlimmeres. All die Fotografien, die meine Eltern manchmal auf dem Küchentisch sortierten.

Immer wütender und lauter werdend, geht er aus dem Zimmer.

INT. FLUR – TAG

GOLDFARB

Bube, Dame, König, Ass. Theresienstadt, Auschwitz, Caracas, verschollen. All die Onkel und all die Tanten, die nur noch Erinnerungen waren, nur noch Fotografien: wegen Risches. Und wer verursachte Risches? Ich. Jedes Mal, wenn ich eine Nachbarin nicht höflich genug grüßte oder zu spät zur Schule kam. Verdammt viel Verantwortung für einen kleinen Jungen.

Wütend boxt Goldfarb gegen den Punchingball, der in einem Zimmer hängt. Heftig:

GOLDFARB

Verdammt viel Verantwortung!

Er setzt sich auf einen Stuhl und beruhigt sich langsam wieder, während der Punchingball von der Wucht des Schlages hin und her pendelt. Wenn er weiter ins Diktafon spricht, klingt seine Stimme ganz ruhig.

GOLDFARB

Sehen Sie, Herr Gebhardt, das ist also einer der Gründe, warum ich Ihre Einladung nicht annehmen und Ihren Schülern das alles nicht erklären kann. Weil ich in diesem Punkt nicht sachlich bin.

Pause.

GOLDFARB

Wenn ich darüber nachdenke, wie ich hinter mir selber hergelaufen bin, die ganze Zeit, wie ich mir selber über die Schulter geschaut und auf mich aufgepasst habe, die ganze Zeit, dass ich auch ganz bestimmt alles richtig mache, damit auch ganz bestimmt keiner etwas auszusetzen haben kann, die ganze Zeit – dann werde ich heute noch wütend auf meine Mutter. Und dann werde ich wütend auf mich, weil ich wütend auf sie bin.

Pause.

GOLDFARB

Und daraus sollen Ihre Schüler etwas lernen? Ich hab ja selber nichts daraus gelernt.

Goldfarb steht auf, im Hinausgehen singt er:

GOLDFARB

»Ich weiß nicht, was soll es bedeuten …«

INT. ARBEITSZIMMER – TAG

GOLDFARB

Heine. Auch so ein Jude, der gerne ein ganz gewöhnlicher Deutscher gewesen wäre. Oder ein ganz gewöhnlicher Franzose. Oder ein ganz gewöhnlicher Irgendwas. Unter den Nazis hat er's dann endlich geschafft. Da standen seine Gedichte in den Schulbüchern, aber da hat keiner gesagt: »Das hat ein Jude gedichtet.« Ganz einfacher Trick. Sie haben druntergeschrieben: »Autor unbekannt«. Unbekannt sein. Vielleicht wär das die Lösung.

Pause. Goldfarb steht eine Weile am Fenster. Schließlich dreht er sich um, geht zu seinem Schreibtisch und nimmt eine neue Kassette aus der Schublade. Er tauscht sie gegen die alte aus und geht, erneut in das Diktafon sprechend, in sein Schlafzimmer.

INT. SCHLAFZIMMER – TAG

Auf dem Bett liegen die vielen Fotos in einem wilden Durcheinander.

GOLDFARB

Sehen Sie, Herr Gebhardt, es funktioniert nicht. Sie wollen von mir wissen, was das ist, ein Jude heute in Deutschland, und ich erzähle Ihnen immer von damals. Das ist unser Problem: zu viel Vergangenheit. Man schleppt so viel Vergangenheit mit sich rum, dass man mit dem Wegräumen gar nicht nachkommt. Geschichte, die jüdische Krankheit. Bis heute feiern wir den Auszug aus Ägypten. Die Pharaonen, die uns damals unterdrückt haben, liegen schon lange mumifiziert in ihren Pyramiden, aber wir feiern noch immer. Oder der Tempel in Jerusalem. Bald zweitausend Jahre ist es her, dass die Römer ihn zerstört haben, das Römische Reich ist ewig untergegangen, aber wir hören immer noch nicht auf zu trauern. Die jüdische Krankheit: Wir können nicht vergessen. – Na schön, die Christen freuen sich auch immer noch über eine Geburt, die zweitausend Jahre her ist. Aber – das war ja auch ein Jude. – Wir können nicht loslassen. Wir waren immer so mit dem Erinnern beschäftigt, dass wir nie dazu gekommen sind, endlich einmal auszusterben wie alle

[GOLDFARB]

andern. In den Talmudschulen führen sie heute noch Debatten weiter, die im Mittelalter schon historisch waren. Geschichte. Alles unsere Geschichte. Man schleppt sie mit sich herum wie einen Buckel.

Pause.

GOLDFARB

Na gut, in Indien oder in China ist auch viel passiert im Laufe der Jahrtausende. Nur: Es gibt eine Milliarde Chinesen, die können all die Historie irgendwie zwischen sich aufteilen. Aber wir Juden? Vor allem wir deutschen Juden? Viel zu viel Geschichte für so wenig Leute. Viel zu viel Geschichte. Ich habe versucht, davon wegzulaufen, aber so schnell kann keiner rennen.

Pause. Während Goldfarb weiterredet, setzt er sich auf sein Bett, neben die Fotos.

GOLDFARB

Es fängt schon damit an, wie man heißt. Goldfarb. Wissen Sie, was der Name bedeutet? Nein, nicht dass mein Ururgroßvater blonde Haare hatte, goldfarbene Haare wie in Grimms Märchen. Es bedeutet ganz einfach, dass einer meiner

[GOLDFARB]

Vorfahren genügend Geld hatte, um einen Beamten zu bestechen. Das ist doch was für Ihre Schüler. – Passen Sie auf: Juden hatten ursprünglich keinen Familiennamen. Man nannte sich nach seinem Vater, ganz einfach. Isaak, der Sohn von Abraham, Jakob, der Sohn von Isaak.

So wie ich Emanuel ben Schimon heiße, und mein Sohn …

Er verstummt. Versinkt in Gedanken. Schweigt lange. Dann gibt er sich einen Ruck. Nimmt wieder das Diktafon.

GOLDFARB

Ich wollte Ihnen eine Geschichte erzählen. Ich bin gut im Geschichtenerzählen, sagt man. Also. Juden nannten sich nach ihren Vätern – »Patronym« heißt das, wenn Sie's Ihre Schüler im Wörterbuch nachschlagen lassen wollen –, bis eines Tages der Kaiser oder der König, oder wer immer es war, beschloss, dass sie alle einen Familiennamen annehmen sollten. Damit man die Rubriken besser ausfüllen konnte, in den Formularen und in den Akten. Sie marschierten also alle aufs Amt – und dann kam es darauf an. Wenn einer ein bisschen Geld hatte, konnte er sich einen hübschen Namen kaufen. Goldfarb.

[GOLDFARB]

Rosenthal. Lilienfeld. Wenn einer arm war, oder da saß ein Beamter, dem sein Spaß mehr wert war als die paar Groschen, dann konnte es schon passieren, dass die Familie von dem Tag an Kanalgeruch hieß oder Schweißloch. Ja, auch Antisemiten lachen gern.

Goldfarb wendet sich den Fotos zu, nimmt einige heraus und stapelt sie. Dann gibt er sich einen Ruck und steht auf.

GOLDFARB

Ich habe einen gekannt, einen Rechtsanwalt, der hieß Treppengeländer. Dr. jur. Treppengeländer. Ich habe ihn gefragt, warum er seinen Namen nicht schon lange geändert hat, und wissen Sie, was er mir ganz ernsthaft erklärt hat: »Weil ich stolz darauf bin.« Verstehen Sie das? Ich hab's nicht verstanden. Bis er mir dann diesen Witz erzählt hat. Ja, noch ein Witz. Der goldene jüdische Humor. Wird immer gern genommen. – Sagt einer: »Ich bin Jude, und ich bin stolz darauf.« Fragt der andere: »Warum?« Sagt der Erste: »Nu, wenn ich nicht stolz bin, bin ich doch Jude. Bin ich lieber stolz.« Das war gar kein Witz, Herr Gebhardt. Das war Philosophie.

Pause. Ernst sieht Goldfarb auf die Fotos, atmet tief ein und aus und spricht weiter.

GOLDFARB

Emanuel Goldfarb. Wissen Sie, was mein Vorname bedeutet? Emanu-El. Gott ist mit uns. Ich weiß nicht, ob das eine Hoffnung ist oder eine Drohung. Aber wenn er nicht mit uns wäre, hätten wir nicht so verdammt viel Geschichte aushalten müssen. Mein Vater, der unheilbare Optimist, hat immer gesagt: »Es ist ja viel Schlimmes passiert, aber eines ist sicher: In Deutschland wird es nie wieder Antisemitismus geben.« Auch so ein jüdischer Witz.

Pause. Langsam und mit einem bitteren Zug um die Mundwinkel lässt Goldfarb seinen Blick von einem Foto zum nächsten schweifen.

GOLDFARB

Obwohl …

Er nimmt das Diktafon wieder auf.

GOLDFARB

Das müsste eigentlich ein jüdisches Wort sein. »Obwohl«. Sowohl als auch. Jede Sache hat zwei Seiten. Mindestens. Ein Freund von mir, ja, ein Freund, ein ganz orthodoxer Jude, einer mit

[GOLDFARB]
Pejes, dem man sein Judentum ansieht, wenn er über die Straße geht, wurde einmal gefragt, ob er im Alltag etwas von Antisemitismus spüre. Und er sagte: »Gott sei Dank ja.« Ohne Antisemiten, das ist seine feste Überzeugung, gäbe es uns Juden schon lange nicht mehr. Wir hätten uns aufgelöst in unserer Umwelt, wie ein Stück Zucker im Kaffee. Wären einfach verschwunden. Nur dass der Kaffee, vielleicht, ein ganz, ganz kleines bisschen süßer wäre.

Goldfarb legt langsam alle Fotos zusammen, das Diktafon liegt neben ihm auf dem Bett.

GOLDFARBS STIMME
(aus dem Diktafon) Einfach aussteigen können aus der Geschichte. Das wär ein Ziel, aufs Innigste zu wünschen. Sie als Lehrer würden das natürlich nicht so toll finden. Dann gäb's ja gar kein Judentum mehr, das man im Sozialkundeunterricht behandeln könnte. »Aber, Herr Goldfarb«, würden Sie sagen, »wir müssen doch aus der Geschichte lernen!« Und ich antworte Ihnen: »Es lernt keiner was.« Wir lernen aus der Geschichte, dass wir nichts lernen. – Aber keine Angst, wir steigen nicht aus. Es würde uns gar nicht gelingen. Nicht so lange Gott mit uns ist.

Sarkastisch:

GOLDFARB

Wir sind sein auserwähltes Volk. Ich weiß nicht, womit wir diese Strafe verdient haben. Was immer es war, allmählich müsste sie abgesessen sein. Es reicht. Der liebe Gott könnte sich mal ein anderes Volk auserwählen, zur Abwechslung. Die Belgier vielleicht. Oder die Ostfriesen. Uns reicht's.

Er geht zum Schrank und packt den Pappkarton weg, schiebt ihn ganz weit nach hinten. Davor stellt er einen Schuhkarton und davor schiebt er seine Schuhe. Goldfarb hält inne. Die unterste Schublade des Schrankes ist leicht geöffnet. Er öffnet sie, greift unter einen dicken Pullover und holt einen dunkelblauen, mit einem goldenen Davidsstern bestickten Samtbeutel heraus. Schaut den Beutel an.

Dann fasst er einen Entschluss, klemmt den Beutel unter den Arm und geht hinaus.

INT. WOHNZIMMER – TAG

Goldfarb sitzt auf dem Sofa. Er hat den Beutel auf den Knien, zunächst ohne ihn zu öffnen.

GOLDFARB

Das Judentum ist eine Religion. So weit, so einfach. Nein. So weit, so kompliziert. Aus einer Religion kann man austreten. Zur Konkurrenz überlaufen. Atheist werden. Aufhören zu glauben. Wir haben immer dran glauben müssen. »Das Judentum ist keine Religion, es ist ein Unglück.« Nicht von mir. Schon wieder Heinrich Heine. Wir haben keine Wahl. Vor hundert Jahren haben sich viele deutsche Juden taufen lassen, um endlich, endlich dazuzugehören. Die Taufe als Eintrittsbillet. Es hat ihnen nichts genützt. Für ihre Umwelt waren sie keine Christen geworden, sondern nur getaufte Juden. Wir sind eine Glaubensgemeinschaft, die durch das zusammengehalten wird, was die andern von uns glauben.

Pause.

GOLDFARB

Und wenn man mit Wortspielen etwas bewirken könnte, würden wir die Welt regieren.

Pause. Während er wieder zu sprechen beginnt, zieht Goldfarb den Reißverschluss des Samtbeutels auf und holt ein Tallith heraus. Er hält es auf dem Schoß. Er spielt damit – eigentlich tun es nur seine Hände.

GOLDFARB

Ich hab mal gedacht, man könne sein Judentum ablegen wie einen Mantel, der einem nicht mehr gefällt. Ich hab's versucht. Wer trägt denn heute noch Kaftan?, hab ich gedacht. Es kann doch nicht so schwierig sein, hab ich gedacht. Es ist doch gar kein so großer Schritt, hab ich gedacht. Schließlich waren wir nie religiös, bei uns zu Hause. Wir hatten Traditionen, ja. Chanukka-Lichter und Mazzen am Pessach. Aber das ist etwas anderes. Folklore. Sind Sie religiös, Herr Gebhardt, nur weil Sie einmal im Jahr ein paar Kerzen an einen Tannenbaum klemmen oder einem Schokoladenhasen die Ohren abbeißen?

Pause.

GOLDFARB

Religion … Mein Vater war sich sicher, dass es keinen Gott gibt. Meine Mutter war da pessimistischer. Er existiert, war ihre Überzeugung, aber er hatte versagt. Hatte sich die Juden ausgesucht und dann das Interesse an ihnen verloren. Wollte nicht mehr spielen mit seinen Zinnsoldaten und haute ihnen jetzt die Köpfe ab.

Pause. Unbewusst beginnt Goldfarb sich vor- und zurückzuwiegen.

GOLDFARB

Kennen Sie Jom Kippur? Den Versöhnungstag? Man geht in die Synagoge, schlägt sich an die Brust und bekennt seine Sünden. Ordentlich alphabetisch aufgelistet.

Er singt leise vor sich hin, wobei er sich bei jedem Wort mit der rechten Hand an die Brust schlägt.

GOLDFARB

Aschamnu, bagadnu, gasalnu, dibarnu dofi…

Goldfarb schüttelt den Kopf. Er wirkt resigniert.

GOLDFARB

Und man fastet. Nicht katholisches Fasten, einmal in der Woche kein Fleisch. Wir sind ein gründliches Volk. Wenn wir fasten, dann richtig. Da gibt es überhaupt nichts zu essen. Vom Vorabend bis zum Sonnenuntergang. Mit knurrendem Magen rufe ich zu Dir, o Herr.

Nachdenklich:

GOLDFARB

Wie soll ich Ihnen erklären, wie wichtig dieser Feiertag für Juden ist? An Jom Kippur werden die Atheisten rückfällig und gehen in die Synagoge. Mein Vater hat diesen Tag nie ausgelassen.

[GOLDFARB]

Hat zuerst darüber gespottet und dann gefastet. Man kann nie wissen. Vielleicht gibt's ihn ja doch.

Wieder singt er leise.

GOLDFARB

Aschamnu, bagadnu …

Pause.

GOLDFARB

Wissen Sie, was mir passiert ist, als ich zum ersten Mal am Jom Kippur etwas gegessen habe? Ich hab gekotzt. Mir war mein Judentum auf den Magen geschlagen. Ein Schuldbewusstsein, das ich so nie in mir vermutet hätte. Die Angst davor, von Gott bestraft zu werden, weil ich nicht mehr an ihn glaubte.

Plötzlich bemerkt er, wie seine Hände mit dem Tallith spielen. Er legt es zur Seite, nimmt das Diktafon vom Tisch und geht ein paar Schritte weg.

GOLDFARB

Egal. Irgendwann hatte ich mich von alldem getrennt. Meinte ich. Na schön, wenn ich nach Jom Kippur mit meinen Eltern telefonierte und sie mich fragten, wie ich gefastet hätte, dann log ich sie immer noch an. Um ihre Gefühle zu schonen. Redete ich mir ein. Ich wollte nichts mehr zu tun haben mit diesem ganzen Berg von Vorschriften. Zweihundertachtundvierzig Gebote – abgeschafft. Dreihundertfünfundsechzig Verbote – gestrichen. Ich wollte mir meine eigenen Gesetze machen. Emanuel Goldfarb gegen den Rest der Welt. So ein neuer Anfang gibt Kraft. Dachte ich. Dann ist wieder alles möglich. Dachte ich.

Er geht zum Bücherregal und nimmt einen Bilderrahmen in die Hand, der dort an die Bücher gelehnt stand.

GOLDFARB

Notiz an mich: Wenn ich aus dem Artikel ein Buch mache, könnte man das hier auf den Titel setzen.

Die Kamera erfasst den Bilderrahmen. Er enthält – als Postkarten oder Ausrisse aus Zeitungen – Bilder von Freud, Marx und Einstein. Dazu ein kitschiges Devotionalienbild des Heilands.

GOLDFARB

Freud. Marx. Einstein. Christus. Alles Juden, die beschlossen haben, die Welt nach ihren eigenen

[GOLDFARB]

Regeln neu zu erschaffen. Haben sich radikal gelöst von allem, was man ihnen eingetrichtert hatte, und das hat ihnen den Kopf frei gemacht, um etwas völlig Neues zu erfinden. Was richtig war, muss nicht richtig bleiben, das war ihr Motto. Bei null anfangen. Und es sind tolle Sachen dabei herausgekommen. Die Psychoanalyse. Der Marxismus. Die Relativitätstheorie. Das Christentum. Alles typisch jüdische Erfindungen. – Bei null anfangen. Das wollte ich auch.

Goldfarb hebt den Bilderrahmen vom Boden, betrachtet ihn kurz und legt ihn weg. Bitter:

GOLDFARB

Ich hatte eine winzige Kleinigkeit übersehen. Das waren Genies. Und im Gegensatz zu dem, was Philosemiten fantasieren und Antisemiten befürchten, sind wir Juden im Durchschnitt auch nicht begabter als andere Leute. Ich ganz bestimmt nicht. Ich bin kein Freud und kein Einstein. Ich bin nur Emanuel Goldfarb. Ein ganz gewöhnlicher Jude. Der mit seinem Projekt, ein ganz gewöhnlicher Deutscher zu werden, kläglich gescheitert ist.

Eine lange Pause.

GOLDFARB

Gescheitert. Soll ich das Ihren Schülern erzählen, Herr Gebhardt? Dass es keinen Sinn hat?

Sein Ton wird immer heftiger. Erregt geht er im Zimmer auf und ab.

GOLDFARB

Dass man sich anpassen kann oder nicht anpassen, dass man sich Lederhosen anziehen oder die Schläfenlocken bis zum Boden wachsen lassen kann, dass man laut sein kann oder leise, dass das alles egal ist, scheißegal, weil man nicht rauskommt aus seiner Rolle, nicht hier in Deutschland, nicht in diesem Land, wo man die Erinnerung wiederkäut, jeden Tag, wie einen unverdauten Bissen, den man nicht ausspucken und nicht runterschlucken kann, nicht in diesem Land, wo im Fernsehen die Gedenksendungen über den Holocaust laufen wie Werbespots für Slipeinlagen, so regelmäßig und so unbeachtet, Ersatzflüssigkeit hier und Ersatzflüssigkeit dort. Nicht in diesem Land, wo ein Lehrer einen höflichen Brief an die Gemeinde schreibt, um sich einen echten Juden für den Sozialkundeunterricht zu engagieren, ein Anschauungsobjekt für die eigene Unvoreingenommenheit, Mathematik von neun bis zehn, Toleranz von zehn bis elf, soll ich das Ihren Schülern erzählen, Herr Gebhardt?

[GOLDFARB]

Dass es keine Selbstverständlichkeit für uns geben kann, nicht auf der einen Seite und nicht auf der anderen, weil es eben zwei Seiten sind und zwei Seiten bleiben, weil es keinen Zentralrat der jüdischen Deutschen gibt und keinen der deutschen Juden, sondern nur einen Zentralrat der Juden in Deutschland, was sich für mich immer anhört wie ein Folkloreverein, eine Gruppe von Leuten mit Heimweh, die Türken in Deutschland, die Marsmenschen in Deutschland, die Juden in Deutschland, soll ich das Ihren Schülern erzählen? Hm. *(leicht spöttisch)* Merken Sie nicht ...

Das Telefon klingelt.

GOLDFARB

... dass Ihre gute Absicht genau das bewirkt, was sie verhindern will?

Das Telefon klingelt weiter, bis der Anrufbeantworter anspringt.

EINE WEIBLICHE STIMME

Ich bin's. Bist du da? Emanuel, bist du da, nimm den Hörer ab! Ich hab uns zwei Karten gekauft. Wir müssen um 19.00 Uhr da sein. Ich warte im Foyer auf dich, ja? Also ...

Goldfarb läuft zum Telefon und nimmt ab.

GOLDFARB

Claudia? Ja, entschuldige, ich hab das vergessen. Ich kann nicht, ich arbeite gerade. Hm. *(leicht genervt)* Kann ich dir jetzt nicht erklären. Ich ruf dich an, wenn ich fertig bin. Gut? ... Hm ... Ciao!

Er hängt ein. Hört sich den letzten Satz an, den er in das Diktafon gesprochen hat.

GOLDFARBS STIMME

(aus dem Diktafon) Merken Sie nicht, dass Ihre gute Absicht genau das bewirkt, was sie verhindern will? Es wird nie ein Jude einfach sein können in Deutschland, nicht zu Ihren Lebzeiten und nicht zu denen Ihrer Schüler. Und das liegt nicht an Ihnen und liegt nicht an uns. Wir haben alle von der Geschichte die gleichen schlechten Karten bekommen. Bube, Dame, König, Ass.

Pause.

GOLDFARB

Aber vielleicht ...

Er bemerkt, dass die Kassette nicht mehr läuft, und dreht sie um. Dann schaltet er das Diktafon wieder ein und spricht in leicht sarkastischem Tonfall weiter.

GOLDFARB

Aber vielleicht haben Sie ja Recht, und ich habe Unrecht. Vielleicht müsste ich Ihre Einladung annehmen. Vielleicht ist das die einzige Funktion, die für uns übrig ist in diesem Land. Es gibt so wenig Juden und so viele Deutsche, die gerne zeigen würden, dass sie keine Berührungsängste haben. Das ist eine Marktlücke. Ich sollte ein Gewerbe daraus machen. »Wie geht's denn so beruflich?« »Danke, kann nicht klagen, hab einen gut gehenden Judentumsvertrieb.« Vormittags Schulbesuche nach Tarif A, und abends kann man mich für private Anlässe mieten. Ein echter Jude mit am Tisch, das schmückt so ein Abendessen doch ungemein. Offizielle Veranstaltungen kosten natürlich mehr. Eröffnungen von jüdischen Museen und Einweihungen von Holocaust-Gedenkstätten. There is no business like Shoa-Business. Der Betroffenheitszuschlag richtet sich nach der Länge der Ansprachen.

Pause. Dann ruhiger und versöhnlicher weiter.

GOLDFARB

Tut mir Leid, Herr Gebhardt. Ich weiß, Sie haben das nicht verdient. Sehen Sie, das ist auch einer der Gründe, warum ich Ihre freundliche Einladung nicht annehmen kann. Weil ich immer gleich so unsachlich werde, wenn es um mein Judentum geht.

Pause. Als Goldfarb wieder zu sprechen beginnt, klingt er sehr traurig.

GOLDFARB

Sie müssen das verstehen. Ich bin über einen Satz nie hinweggekommen. »Du bist so unerträglich jüdisch geworden für jemanden, der das gar nicht mehr sein will.«

Pause. Goldfarb nimmt eine Fotografie aus dem Regal hinter seinem Schreibtisch. Die Kamera erfasst das Bild. Es zeigt eine junge Frau mit einem kleinen Jungen im Arm.

GOLDFARB

Das ist meine Frau. Das war meine Frau.

Abrupt dreht er sich weg und geht mit schnellen Schritten aus dem Zimmer. Das Bild bleibt auf dem Schreibtisch liegen.

GOLDFARB

Aber das geht Sie nun wirklich nichts an.

In der Küche zündet sich Goldfarb eine Zigarette an. Dann geht er auf den Balkon.

EXT. BALKON – TAG

Der Balkon ist ziemlich weit oben im Gebäude. Unten fließt der Feierabendverkehr vorbei. Es wird allmählich Abend. Goldfarb nimmt seine Erzählung sichtlich mit. Er wagt es kaum, an das Geländer des Balkons heranzutreten.

GOLDFARB

Hier hab ich gestanden. Genau hier. Hab einen Fuß auf das Geländer gesetzt und hab gesagt: »Ich springe runter.« Ja. Ich hab mich da oben festgehalten, so fest ich konnte, und hab nicht runtergeschaut, weil: Ich bin nicht schwindelfrei. »Ich springe runter«, habe ich gesagt, und ich weiß noch, meine Stimme kam mir zu dünn vor. Unten fuhren die Autos vorbei, wie jetzt, und jeder LKW, der den Gang wechselte, war lauter als meine Drohung. »Ich bring mich um«, hab ich gesagt. »Wenn du mich verlässt, bring ich mich um.« Und sie stand da, in der Tür, eine Weile und hat mich angeschaut, nur

[GOLDFARB]
angeschaut, und dann hat sie gesagt, ein bisschen zornig und ein bisschen mitleidig: »Siehst du, Emanuel, das ist genau das, was ich meine. Du bist so melodramatisch geworden.«

Pause.

GOLDFARB
Ich hab mich natürlich nicht umgebracht. Ich hab gar nicht den Mut dazu. Oder die Feigheit. Ich bin wieder runtergestiegen, ganz vorsichtig, und dann standen wir uns eine ganze Weile gegenüber, meine Frau und ich. Wortlos. Schauten uns an. Nein: durch einander durch. Schauten aneinander vorbei. Und plötzlich habe ich angefangen zu lachen. »Siehst du jetzt endlich ein, wie lächerlich du bist?«, hat sie gesagt. Aber das war es nicht. Mir war ein Satz durch den Kopf geschossen, ich weiß nicht, woher er kam, ausgerechnet in dieser Situation, ein total blödsinniger Satz, aber ich hab ihn gehört, als ob ihn wirklich jemand zu mir gesagt hätte. Als ob meine Mutter, die damals schon drei Jahre tot war, neben mir gestanden und zu mir gesprochen hätte. »Emanuel«, hörte ich in meinem Kopf, »wenn du da jetzt runterspringst, pass auf, dass du kein fremdes Auto beschädigst. Das macht Risches.«

Er schlägt sich gegen die Stirn.

GOLDFARB

Ein jüdischer Kopf. Es geht mir beschissen, und er macht Witze.

Pause.

GOLDFARB

Wir haben nicht über dasselbe gelacht. Vielleicht hat meine Ehe auch deshalb nicht funktioniert. Es ging nicht. Obwohl ich gebettelt habe und geweint und getobt und argumentiert. Und damit alles immer nur schlimmer gemacht. Sind Sie verheiratet, Herr Gebhardt? Wenn Sie ganz sicher sein wollen, dass Ihre Frau Sie verlässt, dann flehen Sie sie zehnmal am Tag an, doch bitte, bitte bei Ihnen zu bleiben.

Pause. Er geht hinein.

INT. ARBEITSZIMMER – TAG

Goldfarb geht auf und ab. Das Thema, über das er jetzt spricht, ist ihm sichtlich unangenehm.

GOLDFARB

Sie hieß Hanna. Ein klassischer jüdischer Name, nicht? Aber die Welt ist nicht so ordentlich. Sie hieß so, weil sie am 12. Dezember Geburtstag hatte, und da steht im Heiligenkalender Johanna. Als Kind hat sie sich immer darüber geärgert, dass bei ihr Geburtstag und Namenstag zusammenfielen. Weil man dann nur einmal gefeiert wurde. So hat jede Religion ihre eigenen Probleme. – Hier.

Er geht zum Bücherregal, zieht ein Buch heraus und schlägt es auf. Ein buntes Heiligenbildchen liegt zwischen den Seiten.

GOLDFARB

Das hat sie mir mal geschenkt, aus Jux. Johanna von Orléans mit Rüstung und Heiligenschein.

Goldfarb nimmt das Bild heraus und betrachtet es.

GOLDFARB

Und ich hab's in den Schiller gesteckt. Auch aus Jux. Als Buchzeichen für die Jungfrau von Orléans. Wir nahmen die Sache locker, am Anfang.

Er stellt das Buch ins Regal zurück.

Das Bildchen immer noch in der Hand, geht er zum

Schreibtisch. Er schaut es einen Moment lang gedankenverloren an, dann zerreißt er es in kleine Teile und wirft die Fetzen in den Papierkorb.

GOLDFARB

Wir haben uns an der Uni kennen gelernt. Ich war damals bei den Soziologen. Nicht weil mich das Fach sonderlich interessierte, sondern weil es mir so schön weit weg schien von einem Haushaltswarengeschäft. Außerdem war es Mode. Mit all den Soziologen, die sich damals in den Hörsälen drängten, hätte man locker einmal pro Woche die Welt umkrempeln können. Wenn sich denn etwas ändern ließe mit guten Absichten an der Welt ... Und mit klugen Büchern. Mein Gott, waren wir alle naiv in unserer Gescheitheit!

Pause.

GOLDFARB

Hanna hat darüber gelacht. Sie hat Maschinenbau studiert, was damals ungewöhnlich war für ein Mädchen.

Er korrigiert sich.

GOLDFARB

Für eine Frau. »Eine Maschine funktioniert, oder sie funktioniert nicht«, hat sie immer gesagt. »Da kann man sich nichts zurechtdiskutieren.« Ach, Hanna, du hattest ja so Recht. Eine Ehe funktioniert, oder sie funktioniert nicht.

Eine lange Pause. Goldfarb kniet nieder und sucht die Fetzen des Heiligenbildchens aus dem Papierkorb heraus. Dann setzt er sich an seinen Schreibtisch. Im Folgenden spielt er mit den Fetzen und versucht, sie wie ein Puzzle zusammenzusetzen.

GOLDFARB

Wir haben uns in der Mensa kennen gelernt. Kennen Sie die Mensa der Uni? Der Ort mit dem schlechtesten Kaffee der Welt. Spülwasser.

Er versinkt immer mehr in seiner Erinnerung.

GOLDFARB

Hanna saß allein an einem Tisch und hatte sich einen Kaffee geholt, sie nahm einen Schluck und spuckte ihn aus. Einfach so, ohne sich aufzuregen. Als ob es das Selbstverständlichste von der Welt wäre. Spuckte den Kaffee auf ihr Tablett, kippte den Rest von der Tasse dazu und las weiter in ihrem Buch. Irgendwas Dickes, Technisches.

Er schaut resigniert auf die Fetzen des Heiligenbildchens, die einfach nicht zusammenpassen wollen.

GOLDFARB

Hanna hätte das schon fertig.

Pause. Goldfarb seufzt.

GOLDFARB

Ein paar Leute haben gekichert oder sich mokiert, aber Hanna hat sie gar nicht beachtet. Blätterte eine Seite um und las weiter. Und dann, ohne dass ich was überlegt hätte, bin ich aufgestanden und zu ihr hingegangen. »Gratuliere«, habe ich gesagt, »ich hätte mich das nie getraut.« Das war der Anfang.

Pause.

GOLDFARB

Ich habe Ihnen keine romantischen Erinnerungen zu bieten, Herr Gebhardt. Tut mir Leid. Ich bin nie unter Hannas Fenster gestanden und habe ihr eine Serenade gebracht. Wir sind nie Hand in Hand durch ein Blumenfeld gehüpft. Es war nicht diese Art von Liebesgeschichte. Ich habe sie bewundert, weil sie so direkt war. So klar und ohne Umwege. Und sie …

Er zögert.

GOLDFARB

Ich glaube … Jetzt, hinterher, glaube ich: Sie hat mich vor allem studiert. Wollte herausfinden, wie ich funktioniere. Maschinenbau. Da lief etwas ab, das sie nicht erklären konnte, und das hat ihr keine Ruhe gelassen. Liebe hat auch immer etwas mit Neugierde zu tun, nicht? Ich habe das später oft ausgenutzt. Die Neugierde. So manche Frau, die man auf einer Vernissage trifft, möchte gerne wissen, wie das ist, wenn man mit einem Juden schläft. Wenn wir etwas nicht, verstehen, haben wir nur drei Möglichkeiten: Wir lieben es, wir beachten es gar nicht oder wir hassen es. Womit wir wieder beim Thema wären. Man kommt immer auf sein Thema zurück.

Er schaut auf das Heiligenbildchen, an dem er die ganze Zeit herumgebastelt hat, und beginnt zu lachen.

GOLDFARB

Es fehlt ein Stück. Wenn man sich seine eigene Geschichte zusammensetzen will, fehlt immer ein Stück.

Er nimmt seine Brille ab und schiebt die Papierfetzen schnell zu einem Häufchen zusammen. Dann nimmt er eine kleine Dose vom Schreibtisch, kippt die Büroklammern aus und füllt die Dose mit den Schnipseln. Goldfarb setzt sich und schaut auf das Blatt in der Schreibmaschine. Liest.

GOLDFARB

»Sehr geehrter Herr Gebhardt …« Sehr weit bin ich nicht gekommen. Soll ich ihm schreiben: »Sehr geehrter Herr Gebhardt, wir waren glücklich, Hanna und ich«?

Als ob ihm jemand widersprochen hätte:

GOLDFARB

Wir *waren* glücklich. Am Anfang. Es war überhaupt nicht schwierig. Es ging ganz leicht. Scheinbar. Sie war nicht katholischer als ich jüdisch war. Sie hatte einen Adventskranz und ich einen Chanukka-Leuchter. Na und? Kerzen sind Kerzen. Im ersten Jahr, als wir zusammengelebt haben, haben wir Weihnukka gefeiert und uns darüber amüsiert. Wir waren moderne Menschen, der alte Krempel ging uns nichts an. Dachten wir. Unterdessen bin ich gescheiter geworden. Nicht glücklicher, aber gescheiter. Das passt leider meistens nicht zusammen.

Wieder schaut er auf das Blatt.

GOLDFARB

»Sehr geehrter Herr Gebhardt ...«

Plötzlich wütend reißt er das Blatt aus der Maschine, knüllt es zusammen und schmeißt es in eine Ecke. Heftig:

GOLDFARB

Lassen Sie mich doch in Frieden! Wer gibt Ihnen das Recht, mich zum Nachdenken zu zwingen? Nur damit Ihre Schüler Material für einen Aufsatz haben? Warum bleiben Sie nicht bei »Mein schönstes Ferienerlebnis« wie alle andern auch?

Pause.

GOLDFARB

Wir waren glücklich. Vorübergehend. Ich habe mir vorübergehend eingeredet, glücklich zu sein.

Pause.

GOLDFARB

Dieser Satz würde schon genügen, um zu beschreiben, wie man sich als Jude in Deutschland fühlt. Wir haben uns im Laufe der Geschichte immer mal wieder vorübergehend eingeredet, glücklich zu sein.

Pause.

GOLDFARB

Als mein Vater dann auch gestorben war, haben wir geheiratet. Nein, Herr Gebhardt, ich habe ihm Hanna nie vorgestellt. Ich wollte sie für mich behalten. In mehr als einem Sinne des Wortes. Mein Vater hätte nichts gesagt – schließlich hatte er beschlossen, Atheist zu sein. Aber sein Sohn und eine Goye – das wäre für ihn wie ein Verrat gewesen. Als ob ich sein Überleben abgewertet hätte. Er hätte es nicht verstanden.

Pause.

GOLDFARB

Oder schlimmer: Er hätte es verstanden.

Pause.

GOLDFARB

Der richtige Verrat kam nach seinem Tod. Als ich seinen Laden verkaufte, das ganze Haus, nur damit ich hier das Leben an meinem Schreibtisch …

Pause.

GOLDFARB

Na ja. Egal. Da sind so viele Fäden ineinander verknüpft – ich will nicht einmal versuchen, sie alle aufzudröseln. Erst einmal war ich verheiratet. Und ich war glücklich. Ein ganz gewöhnlicher Ehemann. Ich hatte es geschafft. Bis …

Eine lange Pause.

GOLDFARB

Wenn wir eine Tochter bekommen hätten, dann wäre vielleicht alles anders gekommen. Aber wir hatten einen Sohn.

Er schluckt.

GOLDFARB

Entschuldigen Sie. Es ist nicht gut, wenn man sich daran erinnert …, wenn man sich daran erinnert, wie glücklich man sein könnte. Wie glücklich man hätte sein können.

Mit Tränen in den Augen wendet er sich ab und geht zur Tür.

INT. KÜCHE – TAG

Goldfarb ist dabei, die altmodisch-moderne Kaffeemaschine zu reinigen. Er hat sie in ihre Bestandteile zerlegt, die er sorgfältig unter fließendem Wasser reinigt.

GOLDFARB

So viele Teile. Wenn man eins davon wegließe, könnte man denken, dann dürfte das doch gar nicht so große Auswirkungen haben. Könnte man denken. Aber es gibt Dinge, die dürfen nicht fehlen, weil …

Er realisiert, was er eben gesagt hat, stockt, nimmt das Diktafon vom Küchenbord und geht in der Küche auf und ab.

GOLDFARB

Es gibt Dinge, die müssen fehlen. Wenn man Jude ist und einen Sohn hat. Ich konnte eine Frau heiraten, die keine Jüdin war. Kein Problem. Ich konnte alles ablegen, was ich an Formen und Äußerlichkeiten mitbekommen hatte. Kein Problem. Aber dann war da plötzlich ein Kind, und es war ein Sohn, mein Sohn, und er war nicht beschnitten.

Pause. Als er weiterspricht, ist seine Stimme voller Staunen über sich selbst.

GOLDFARB

Ich habe es nicht ertragen. Einfach nicht ertragen. Verstehen Sie das, Herr Gebhardt? Ja? Dann erklären Sie es mir, bitte.

Pause. Goldfarb seufzt tief.

GOLDFARB

Ich habe ihn gewickelt und gebadet, und am liebsten hätte ich ihn auch noch selber gestillt, so sehr habe ich ihn geliebt. Aber wenn ich ihn dann in meinen Händen hielt, so nackt und hilflos, dann war da etwas, bei aller Liebe, dann war da etwas … etwas Fremdes an ihm. Etwas Unvertrautes. Etwas – ich schäme mich, es zu sagen, aber so war es – etwas Abstoßendes. Und ich kann es nicht erklären. Ihnen nicht und mir nicht. Und meinem Sohn auch nicht. Wir sehen uns jetzt oft, und wir reden über alles. Nur nicht darüber. Er fragt mich nicht, weil er spürt, dass ich keine Antwort wüsste. Keine vernünftige Antwort. Es war einfach so. Ich wusste: Ein Sohn von mir muss beschnitten sein. Aus. Punkt. Basta. Keine Diskussion.

Pause. Goldfarb geht aus der Küche. Seine Stimme wird immer lauter, wütender.

GOLDFARB

Es gab natürlich Diskussionen. Stundenlang. Tagelang. Die Art von Diskussion, die sich immer nur im Kreis dreht. Wo immer die gleichen Standpunkte aneinander schleifen wie falsch zusammengesetzte Maschinenteile. Wo sie immer an derselben Stelle aneinander stoßen. Immer mit demselben falschen Ton.

INT. ANDERES ZIMMER – TAG

Goldfarb lässt sich auf einen Stuhl fallen. Das Zimmer ähnelt einer Abstellkammer. Ein Karton steht herum, Bilder lehnen an der Wand, ein Stuhl ist hochgestellt.

GOLDFARB

Irgendwann geht was kaputt.

Pause.

GOLDFARB

Hanna war dagegen. Stur dagegen.

Er verbessert sich. Seine Stimme ist ruhiger.

GOLDFARB

Nein. Nicht stur. Ich will nicht unfair sein. Sie war prinzipiell dagegen. »Stur« klingt so verächtlich, und es gab nichts zu verachten an ihren Argumenten. Sie hatte Recht. Genauso, wie ich Recht hatte. Jeder in seiner Welt.

Sehr ernst:

GOLDFARB

Es gibt nichts Erschreckenderes in einer Ehe, als feststellen zu müssen, dass man nicht in derselben Welt lebt.

Goldfarb kann die Tränen nicht mehr unterdrücken. Seine Stimme kippt.

GOLDFARB

Nie in derselben Welt gelebt hat.

Pause.

GOLDFARB

Wir seien uns doch einig gewesen, sagte Hanna, wir seien uns doch immer einig gewesen, dass wir beide mit Religion nichts am Hut hätten. Und jetzt verlange ich von ihr, sagte Hanna, dass ich ihren Sohn, dass ich ihren Sohn verstümmeln lasse für einen alten Aberglauben. Und ich hatte nichts dagegen anzuführen, als

[GOLDFARB]
dass es so sein müsse, weil ich es anders nicht ertrug. Weil da etwas in mir war …

Heftig:

GOLDFARB
… anerzogen, angeboren, verdammt noch mal, was weiß denn ich? – weil da etwas in mir war, das es nicht zulassen wollte, dass mein Sohn in diesem Punkt anders sein sollte als ich. Können Sie's mir erklären, Herr Gebhardt? Natürlich nicht. Sie wissen wahrscheinlich nicht einmal, wovon ich rede.

Pause.

GOLDFARB
Ich hatte keine Argumente, ich hatte nur ein Gefühl. Aber das war stärker als ich. Stärker als alles. Ich verlor meine Frau. Und hätte fast meinen Sohn verloren. Aber dieses Gefühl hatte sich selbstständig gemacht. Und plötzlich sagte Hanna: »Du bist so unerträglich jüdisch geworden.«

Pause.

GOLDFARB

Und sie hatte Recht. Ich war mir ja selber unerträglich.

Pause. Goldfarb knetet seine Hände, schließlich steht er auf und geht, in das Diktafon sprechend, ins Wohnzimmer. Dort setzt er sich auf die Couch.

INT. WOHNZIMMER – TAG

GOLDFARB

Ich bin natürlich nicht vom Balkon gesprungen. Natürlich nicht. Mir fehlt das Talent zum Endgültigen.
Wir haben unseren Sohn Michael genannt. Ein neutraler Name. Katholisch und jüdisch. Der Name eines Engels. Schade, dass er nicht wirklich einer war. Das hätte vieles vereinfacht. Engel sind geschlechtslos. Da gibt es nichts zu beschneiden.

Goldfarb legt das Diktafon auf den Glastisch.

GOLDFARB

Ich bin dann fromm geworden. Nicht lange, aber heftig. Hab mich verkrochen in eine Welt, wo das Leben so voller Regeln ist, dass man es gar nicht mehr selber leben muss. Hab mich

[GOLDFARB]

versteckt in einem Labyrinth aus Gesetzen und Vorschriften. Zweihundertachtundvierzig Gebote. Dreihundertfünfundsechzig Verbote. Und jedes davon mit seinem eigenen Unterholz aus Verästelungen und Finessen. Religion als Full-Time-Job. »Unausstehlich jüdisch«, hatte Hanna gesagt. Und etwas in mir antwortete: »Dann aber richtig!«

Er legt die Gebetsriemen bereit, nimmt seine Armbanduhr vom Handgelenk und krempelt seinen linken Hemdsärmel hoch.

GOLDFARB

Ich wurde so, wie Sie sich das wohl vorgestellt haben, Herr Gebhardt. Ein Jude, dem man sein Judentum auch ansieht. Der etwas zu bieten hat für Ihre Schüler.

Er nimmt ein Käppchen aus dem Beutel und setzt es auf. Legt sich das Tallith um die Schultern.

GOLDFARB

Etwas zum Mitschreiben. Damit es nicht vergessen wird im Aufsatz.

Er platziert die Hand-Tefillin auf dem Bizeps des linken Armes.

GOLDFARB

Tefillin. Gebetsriemen. Am linken Arm gegenüber dem Herzen.

Mit einer Bewegung, der man ansieht, dass er sie oft geübt hat, wickelt er das Lederband siebenmal um den Arm und windet dann das Lederband um die linke Hand.

GOLDFARB

Und auf dem Kopf, wo der Verstand sitzt. Wenn man einen Verstand hat.

Er stellt sich vor den Spiegel und platziert die Kopf-Tefillin. Er betrachtet sich.

GOLDFARB

»Du sollst sie dir als ein Zeichen auf deine Hand binden, und sie sollen eine Erinnerung sein zwischen deinen Augen.« Wär schön, wenn ich so in Ihrer Klasse wäre, Herr Gebhardt, nicht? Dann könnten Sie jetzt ein Foto machen. Als Beweis, dass ein echter Jude da war. Ein echter, exotischer Jude.

Er beginnt die Tefillin wieder abzunehmen und die Lederbänder aufzuwickeln.

GOLDFARB

Jeden Morgen habe ich mir die Tefillin umgebunden. Von Sonntag bis Freitag. Ich habe kein Gebet ausgelassen und keinen Fasttag. Ich hatte den Eifer des Neubekehrten, nicht weil ich etwas gefunden hatte, sondern weil ich etwas suchte. Vielleicht, dachte ich …

Er bricht ab. Hört seinem eigenen Satz nach.

GOLDFARB

Dachte ich? Versuchte ich mir einzureden. Vielleicht war es ja falsch gewesen, mich mein ganzes Leben dagegen zu wehren. Wenn das so tief in mir steckte, wenn das stärker war als ich, wenn ich lieber fast meinen Sohn verlor, als ihn unbeschnitten bei mir zu haben, wenn das alles nicht rauszukriegen war aus mir – vielleicht musste ich es dann nur gründlich machen, konsequent, und irgendwann würde alles richtig sein.

Er nimmt die Kopf-Tefillin ab und legt sie auf den Schreibtisch.

GOLDFARB

Es hat nicht funktioniert. Natürlich nicht. Es war eine kurzfristige Flucht in die Orthodoxie, und sehr bald habe ich mich selber eingeholt. Eingeholt und ausgelacht. Bloß weil man vor sich keinen Weg mehr sieht, kommt man rückwärts auch nicht weiter.

Er setzt sich an den Schreibtisch, wickelt die Lederbänder der Tefillin vollständig ab und krempelt den Hemdsärmel wieder herunter. Dann nimmt er das Tallith ab und lässt es auf die Lehne des Schreibtischstuhls fallen. Er spannt ein neues Blatt in die Schreibmaschine ein und beginnt zu tippen.

GOLDFARB

»Sehr geehrter Herr Gebhardt. Ihre freundliche Einladung kann ich leider nicht annehmen, weil …«

Er zögert, nimmt die Brille ab, dreht sich weg und denkt einen kurzen Augenblick nach. Dann erklärend:

GOLDFARB

Weil ich nicht weiß, wie ich in fünfundvierzig Minuten, oder in neunzig, wenn es denn eine Doppelstunde sein muss, irgendjemandem erklären soll, wie man in Deutschland Jude sein kann. Wo doch das Problem schon darin liegt, dass man es überhaupt erklären muss. Immer und immer und immer wieder, den andern und sich selber.

Wie resignierend fasst er einen Entschluss.

GOLDFARB

Ach was.

Pause. Dann erklärend weiter.

GOLDFARB

Es gibt diese alte Geschichte von dem weisen Rabbi, der aufgefordert wurde, das Wesen des Judentums zu erzählen, erklären; er dürfe aber nicht mehr Zeit dafür brauchen, als er auf einem Bein stehen könne. Er sagte: »Was du nicht willst, dass man dir tu, das füg auch keinem andern zu« – das war's.

Er seufzt tief.

GOLDFARB

Wenn er das Judentum in Deutschland hätte erklären sollen, er wäre auf die Schnauze gefallen. So lange kann keiner auf einem Bein stehen.

Er setzt die Brille wieder auf und wendet sich dem Brief zu. Liest.

GOLDFARB

»Sehr geehrter Herr Gebhardt, Ihre freundliche Einladung kann ich leider nicht annehmen, weil …«

Er schaltet das Diktafon ein und spricht hinein.

GOLDFARB

Weil ich Angst davor habe, und das ist das Schlimmste, weil ich Angst davor habe, zum Schluss zu kommen, dass es nicht geht. Dass es so etwas wie einen ganz normalen Juden nicht geben kann. Nie mehr. Nicht in diesem Land. Dass wir hier immer die Ausnahmetiere bleiben werden, die Spitzmaulnashörner, die man im Gehege füttert, eingesperrt hinter einem Stacheldraht aus Fürsorge und Solidarität, nur um vergessen zu können, dass man sie einmal abgeschossen hat. Dass wir immer Juden in Deutschland sein werden, und nie jüdische Deutsche. Ein ewiger Sonderfall.

Er schaltet das Diktafon aus, schüttelt den Kopf.

GOLDFARB

»Sehr geehrter Herr Gebhardt …«

Dann schaltet er das Diktafon wieder ein.

GOLDFARB

Und etwas will ich schon gar nicht erleben. Den Moment, der in jedem Gespräch kommt, früher oder später. Meistens früher. Ich sehe schon vor mir, wie einer Ihrer zweifellos sehr aufgeweckten Schüler den Finger hebt, um mir die Frage zu stellen, die ich nicht beantworten kann. Die ich nicht beantworten will. Nicht noch einmal. Und noch einmal. Und noch einmal. Ich habe zwar durchaus eine Meinung dazu, aber …

Er stockt und schaltet das Diktafon aus. Sucht einen Moment nach der richtigen Formulierung. Schaltet es wieder ein.

GOLDFARB

… aber ich will nicht dazu verpflichtet sein, eine zu haben. Ich will mir nicht eine Verantwortung aufbürden lassen, die mich ausgrenzt. Ausgrenzt im ganz wörtlichen Sinne. Die mich an die Grenze stellt, weil sie mir sagt: »Eigentlich gehörst du gar nicht in dieses Land.« Und die Frage kommt jedes Mal, in jedem Gespräch, manchmal mitleidig, aber meistens vorwurfsvoll, die immer gleiche Frage: »Wie halten Sie's mit der israelischen Politik?« Und ich kann nicht einmal antworten, dass sie mir scheißegal ist, denn das ist sie ja nicht. Ich habe durchaus eine Meinung dazu, und Herr Sharon

[GOLDFARB]

würde sich nicht sehr darüber freuen. Aber ich bin für die israelische Politik nicht verantwortlich. Nicht mehr als Herr Müller aus München oder Herr Schulze aus Berlin. Ich habe Sharon nicht gewählt, er stand hier in Hamburg nicht zur Wahl, und ich will noch nicht mal theoretisch gefragt werden, ob ich's getan hätte. Weil hinter der Frage, hinter der Tatsache, dass immer mir die Frage gestellt wird und nie Herrn Müller und nie Herrn Schulze, weil dahinter immer unausgesprochen das Vorurteil lauert, eigentlich sei ja Israel meine wahre Heimat und nicht Deutschland. Eigentlich sei ich ja hier nur zu Besuch. Seit Generationen immer nur zu Besuch.

Er hält inne und holt tief Luft. Sein Tonfall ist bei den letzten Sätzen immer härter und ärgerlicher geworden. Jetzt nimmt er sich bewusst zusammen.

GOLDFARB

Sehen Sie, lieber Herr Gebhardt, und darum geht es nicht. Ich würde viel zu heftig reagieren, wenn mir einer Ihrer Schüler diese Frage stellt. Weil sie mich jedes Mal wütend macht, auch wenn sie mitleidig daherkommt. Vor allem, wenn sie mitleidig daherkommt. Ich habe nun mal nicht die überlegene Ironie eines Ignaz Bubis. Der schrieb einmal …

Er unterbricht sich. Er sucht im Computer und hat die entsprechende Datei schnell gefunden. Er liest vom Bildschirm vor:

GOLDFARB

»Der Vorsitzende des Zentralrats der Juden in Deutschland, Ignaz Bubis, erhielt von der Frankfurter Oberbürgermeisterin Petra Roth …« Es ist schon eine Weile her. »… eine Glückwunschkarte zu Rosch Haschana, dem jüdischen Neujahrsfest, mit der sie ihm Frieden für sein Land wünschte. Er antwortete, er freue sich sehr über ihre Karte und schließe sich ihrem Wunsch nach Frieden gerne an. Allerdings könne er sich an den letzten Krieg in Hessen nicht erinnern, der hessisch-bayerische Krieg liege doch nun auch schon wieder viele Jahre zurück.«

Er stößt sich mit dem Stuhl ein Stück vom Schreibtisch weg, nimmt die Brille ab und legt das Käppchen, das er bis dahin noch getragen hat, auf den Schreibtisch.

GOLDFARB

Ich habe das aufbewahrt, weil man es genau so eigentlich machen sollte. Mit einem überlegenen Lächeln, ironisch. Aber ich schaffe diese Distanz nicht. Ignaz Bubis konnte das. Er hat, trotz allem, was er erlebt hat, sein ganzes Leben lang nie an seinem Deutschtum gezweifelt. Und

[GOLDFARB]

sich dann doch lieber in Israel begraben lassen. Weil er nicht wollte, dass sein Grab geschändet wird.

Pause. Goldfarb tritt ans Fenster.

GOLDFARB

Wenn im Endspiel der Fußballweltmeisterschaft Israel und Deutschland gegeneinander anträten – ich wäre für den Schiedsrichter.

Pause.

GOLDFARB

Also. Mein Verhältnis zu Israel.

Pause. Er nimmt einen Schluck Rotwein aus dem Glas, das auf seinem Schreibtisch steht.

GOLDFARB

Das braucht Platz. Ich glaube ... ich befürchte, ich muss schon wieder damit anfangen, wie es früher war. Es tut mir Leid, das jüdische Problem. Zu viel Geschichte. Zu viel Vergangenheit.

Er geht im Zimmer auf und ab, um seine Gedanken zu sammeln. Dann:

GOLDFARB

Als ich ein Junge war, da war die Sache noch einfach für mich. Da war Israel das gelobte Land, und es gab kaum jemanden, der in das Lob nicht mit einstimmte. Unser Kartenspiel hatte seinen Joker bekommen. Bube, Dame, König, Ass. Theresienstadt, Auschwitz, Caracas. Und jetzt plötzlich: Israel. Ein Land, wo man einfach hinfahren konnte, jederzeit, und wenn man am Flughafen ankam oder am Hafen, dann stand da schon einer und wartete, drückte einem einen Pass in die Hand und sagte: »Jetzt bist du zu Hause.« Etwa so habe ich mir das vorgestellt, damals.

Pause.

GOLDFARB

Für meine Eltern war Israel …

Er zögert.

GOLDFARB

Sagen wir: eine Versicherung. Ein Fallschirm. Man hofft, ihn nie benutzen zu müssen, aber es ist doch beruhigend zu wissen, dass er da ist. Im Falle eines Falles. Sie hatten beschlossen, hier weiterzumachen – aber es tat ihnen gut zu wissen, dass es im Notfall immer auch ein

[GOLDFARB]

Dort gab. Nach 1945 war Sicherheit nun wirklich nicht das erste Wort, das einem Juden im Zusammenhang mit Deutschland in den Sinn kam. Und dann die Kriege. 1948 und wieder 1956. Dieses kleine Land und ringsumher diese großen Armeen. Wenn dann die israelischen Panzer siegreich durch die Wüste rollten, dann war es selbst für einen Atheisten wie meinen Vater schwierig, nicht doch an einen Gott zu glauben.

Pause.

GOLDFARB

Wissen Sie, wo ich die Landkarte von Israel zum ersten Mal gesehen habe?

Er geht hinaus, nimmt seine Jacke vom Stuhl und geht zur Tür.

INT. FLUR – TAG

Goldfarb geht durch den Flur. Nimmt im Vorbeigehen einen Schlüsselbund von einem Haken.

INT. KELLER – TAG

Goldfarb fährt mit dem Aufzug in den Keller. Dort angekommen, geht er durch einen langen Flur.

GOLDFARB

Der Keller ist für mich der jüdischste Teil eines Gebäudes. Nicht weil man sich hier so gut verstecken kann. So viele Juden, wie die Leute … n'Abend …

NACHBARIN

(im Vorbeigehen) n'Abend!

GOLDFARB

So viele Juden, wie die Leute später in ihren Kellern versteckt haben wollen, hat es in ganz Deutschland nie gegeben. Keller kommen mir so jüdisch vor, weil sich dort alles ansammelt, was man schon fast vergessen hat und doch immer weiter aufbewahrt. Das Gedächtnis des Hauses. Und im Uns-Erinnern sind wir Juden einsame Spitze.

Er ist bei der Tür angekommen, die zu den einzelnen, durch Lattenroste abgetrennten Kammern der Mieter führt, und schließt sie auf.

GOLDFARB

Hat ein bisschen was von einem Zellentrakt. Nicht dass ich schon einmal in einem eingesperrt gewesen wäre. Aber es gibt Dinge, an die kann man sich erinnern, obwohl man sie gar nicht selber erlebt hat. Gerade neulich ist mir so was wieder passiert. Ich war auf einem Amt, hatte etwas zu erledigen. Der Beamte war nicht sehr freundlich, aber das sind Beamte ja selten. Und trotzdem – wie er da hinter seinem Schreibtisch saß, mit den kurz geschorenen Haaren und dem Stiernacken, da habe ich ihn plötzlich in einer Uniform vor mir gesehen. In einer braunen oder einer schwarzen. Vielleicht unfair, ich weiß. Es war noch ein ganz junger Mann. Aber es war auch unfair, dass ich plötzlich so etwas wie Angst verspürte.

Er hat eine Kammer aufgesperrt und sucht jetzt in einem mit Krimskrams voll gestopften alten Regal nach einem Gegenstand.

GOLDFARB

Die erste Landkarte, die ich je von Israel gesehen habe, hing bei uns im Flur. Schon als Sechsjähriger konnte ich die Umrisse aus dem Gedächtnis zeichnen. Unten spitz zulaufend und rechts an der Seite diese doppelte Delle, die das Land so schmal macht und verletzlich. Hier.

Er hat eine alte blauweiße Sammelbüchse aus dem Schrank genommen, die auf ihrer Vorderseite eine Karte des Staates Israel zeigt.

GOLDFARB

Die Sammelbüchse vom KKL. Keren Kayemeth Le-Israel.

Er setzt sich und betrachtet die Büchse. Die Kamera erfasst die darauf abgebildete Landkarte.

GOLDFARB

Mit der Landkarte. Unten spitz und seitlich eingedellt. Die Büchse hing bei uns im Flur, und jede Münze, die man hineinwarf, half, das Land aufzubauen. Ab und zu kam ein Mann vorbei, in meiner Erinnerung war es ein älterer Herr, aber als Kind kommen einem alle Erwachsenen alt vor, der hatte einen ganz kleinen Schlüssel und leerte den Inhalt der Büchse in einen grauen Beutel. Irgendwann kam er dann nicht mehr, oder er war zu oft gekommen, und es war nie mehr etwas in der Büchse gewesen – auf jeden Fall, jetzt ist ihr Platz im Keller.

Pause.

GOLDFARB

Das gelobte Land hat Rost angesetzt. Aber es konnte auch nicht ewig so perfekt bleiben, wie wir es uns damals erträumt hatten. Wie man es von uns erwartete. Es geht Israel als Land wie mir als kleinem Jungen: Wenn es so gut sein will wie die andern, muss es besser sein als sie. Alles, was weniger als perfekt ist, macht Risches.

Er seufzt tief.

GOLDFARB

Ich will, weiß Gott, nicht alles verteidigen, und es ist, weiß Gott, nicht alles gut, was dort abläuft. Aber ich will es nicht jeden Tag verteidigen müssen. Nicht hier. Nicht in diesem Land.

Abrupt steht er auf und stellt die Dose mit kaum unterdrückter Heftigkeit wieder in das Regal. Allmählich wird er wütend.

GOLDFARB

Woher nehmen die Leute, woher nehmen vor allem die Deutschen das Recht, von Israel ein höheres moralisches Bewusstsein zu verlangen als von jedem anderen Staat im Krieg? »Gerade ihr«, höre ich immer wieder, »gerade ihr mit eurer Geschichte, ihr müsstet doch wissen, was es bedeutet, unterdrückt zu werden.«

Er ist jetzt richtig wütend und hat Mühe, sich zu beherrschen.

GOLDFARB

Lassen Sie mal den Heiligenschein weg und das selbstgefällige moralische Gehabe, übersetzen Sie den Satz zurück ins Deutsche oder in eine vernünftige Sprache – was heißt er dann?

Zitierend:

GOLDFARB

»Ihr müsstet doch wissen, was es bedeutet, unterdrückt zu werden.« Zu Deutsch: »Jetzt haben wir euch so lange und so heftig geprügelt, und ihr seid immer noch keine besseren Menschen geworden.« Der Täter nimmt dem Opfer übel, dass es aus seiner Tat nichts gelernt hat. Es stimmt schon: Auschwitz werden die Deutschen den Juden nie verzeihen.

Er schaltet das Mikrofon aus. Heftiger, als es notwendig wäre, zieht er die Tür zur Kammer hinter sich zu, dann schließt er das Kellerabteil ab. Die Kamera schwenkt auf die Büchse im Regal.

INT. WOHNZIMMER – TAG

Goldfarb kommt ins Wohnzimmer und legt den Schlüssel auf dem Schreibtisch ab. Er geht langsam im Zimmer umher, rückt gedankenverloren den Chanukka-Leuchter auf dem Kaminsims zurecht und beginnt schließlich wieder, in das Diktafon zu sprechen.

GOLDFARB

Wissen Sie was, Herr Gebhardt? Sie brauchen mich gar nicht. Sie brauchen noch nicht mal den Sozialkundeunterricht. Es gibt so viele andere Möglichkeiten, die spät entdeckte deutsche Judenfreundlichkeit auszuleben. Es braucht mich nicht dazu. Wie wär's denn zum Beispiel mit einer von diesen beliebten »Auf-den-Spuren«-Wanderungen? Das wär doch was für Ihre Klasse. Frische Luft und das angenehme Gefühl von Geschichtsbewusstsein. Hier war mal eine Synagoge, hier war mal ein Friedhof, hier war mal ein Jude. Oder nehmen Sie die jungen Leute zu einem Festival jiddischer Filme mit! Die gibt es unterdessen an jeder Ecke. Wir sind Mode geworden. Die meisten von uns zwar erst posthum, aber immerhin. In jedem Jugendzentrum, das etwas auf sich hält, kann man unterdessen israelische Volkstänze lernen. Bei jedem Stadtfest gibt's einen Stand mit jüdischer Küche. Latkes und gefillte Fisch. Ist das nicht genug

Judentum für Sie? Was brauchen Sie mich? Ein echter Jude stört doch nur, beim Bemühen, ihn toll zu finden. Machen Sie lieber eine Klassenfahrt nach Fürth. Zum Festival der Klezmermusik. Da steht dann irgendeine Band auf der Bühne, die All-Star-Klezmer-Dingsbums oder wie sie sich alle nennen, und keiner von den Musikern ist Jude. Die gleichen Leute sind vor ein paar Jahren noch per Anhalter durch Australien gefahren, mit einem Didgeridoo im Rucksack, und haben sich feinsinnig in die Seelen der Aborigenes hineingefühlt. Haben sich ein buntes Farbmuster ins Gesicht geschmiert und mit den Indianern solidarisiert. Heute machen sie Klezmermusik. Solidarität zum Mitklatschen. Geilen sich am fremden Rhythmus auf, schluchzen sich in die Mollakkorde ein und genießen das wohlige Bewusstsein, nicht einfach nur Musik zu machen wie jeder Dixieland-Trompeter, sondern mit jedem Takt auch gleich noch die Vergangenheit zu bewältigen. Indem sie »Mei Schtedtele Beltz« singen, dieses jiddische Kufsteinlied, die Instrumente wimmern lassen, als hätten sie alle eine CD von Giora Feidman verschluckt. Und immer mit diesen erwartungsvollen Gesichtern, dass wir sie doch endlich, endlich loben sollen, weil sie uns doch so wahnsinnig lieb haben, mit ihren Klarinetten, ihren Geigen, ihren Pauken und Trompeten. Ich möchte manchmal hingehen zu diesen Weltverbesserermusikanten, möchte mich vor sie hinstellen und ihnen sagen: Wenn ihr schon unsere Musiker umgebracht habt, könnt ihr dann nicht wenigstens unsere Musik in Ruhe lassen? Aber sie würden es nicht verstehen, weil sie vor lauter Philosemitismus unterdessen schon die besseren Juden geworden sind.

Seine Suada hat ihn angestrengt. Er macht eine Pause und spricht dann resigniert weiter.

GOLDFARB

Was brauchen Sie mich, Herr Gebhardt? Was brauchen Sie einen echten Juden? Es gibt doch genügend künstliche.

Pause. Seine Stimme ist noch trauriger geworden.

GOLDFARB

Wissen Sie, was einen Antisemiten vom Philosemiten unterscheidet? Der Antisemit würgt, der Philosemit umarmt. Und bei beiden bleibt mir die Luft weg.

Eine lange Pause.

GOLDFARBS STIMME

(aus dem Diktafon) »Mit einem herzlichen Schalom«. Unterschreiben Sie alle Ihre Briefe so oder nur, wenn sie an Juden gerichtet sind? Oder haben Sie einen Briefsteller auf Ihrem Schreibtisch, mit den korrekten Grußformen für alle Religionen? Ein fröhliches Halleluja für die Christen, ein freundliches Nirwana für die Buddhisten? Lecken Sie mich doch am Arsch mit Ihrem herzlichen Schalom!

Dann schaltet Goldfarb das Diktafon aus. Er spannt ein neues Blatt in die Schreibmaschine ein. Er beginnt zu tippen.

Er tippt immer schneller. Der Stapel der fertigen Seiten wächst. Wir hören Fetzen aus den vorangegangenen Szenen.

Im Morgengrauen geht er auf den Balkon und zündet sich eine Zigarette an. Schließlich sieht man ihn vollkommen angezogen auf dem Bett liegen, auf seinem Bauch das gerahmte Foto von Johanna und seinem Sohn. Und sein fertiges Manuskript.

INT. KLASSENZIMMER – TAG

Herr Gebhardt, der Klassenlehrer, steht an der Tür des Klassenzimmers. Letzte Schüler kommen eilig herein.

GEBHARDT

Ruhe bitte! Ruhe! Setzt euch! *(Pause)* Ich freue mich sehr, euch unseren Gast vorzustellen: Herr Emanuel Goldfarb.

Eine langsame Fahrt über die Köpfe einer aufmerksam zuhörenden Klasse von Vierzehn- bis Fünfzehnjährigen. An der Wandtafel steht mit Kreide: »Unser Gast: Herr Emanuel Goldfarb«.

Etwas seitlich sitzt der Klassenlehrer Gebhardt.

Goldfarb setzt sich. Er schluckt. Pause. Dann breitet sich langsam ein Lächeln auf seinem Gesicht aus.

GOLDFARB

Also gut.

Ausblenden

SCHLUSSTITEL

ISBN 978-3-86789-005-2

Neue Grünstraße 18, 10179 Berlin
Umschlaggestaltung: Bayerl & Ost, Frankfurt am Main,
unter Verwendung eines Fotos von Joe Fish
Gesetzt aus der Sabon
Herstellung: Das Herstellungsbüro, Hamburg
Druck: CPI Moravia Books GmbH

www.Rotbuch-Verlag.de